BECAUSE I'M MĀORI

HE MĀORI AHAU

WRITTEN BY NICOLLA HEMI-MOREHOUSE

ILLUSTRATED BY STORY HEMI-MOREHOUSE

Oho ki te ao
he mene ki te kanohi.
Woke up this morning
with a little smile on my face.

Mōhio ana au ka pai te rā.
Mōhio ana!
I know it's going to be a good day.
I just know it!

Hīkoi haere me te mea e hīteki ai.

I walk around with a little kick in my step.

Tē ware ai nō hea ahau,

I can't forget where I am from,

nō hea ahau . . .

where I belong . . .

He Māori ahau.

Because I'm Māori.

Ko au ahau.

Because I'm me.

He mōhio nei

Because I'm smart

me te kaha!

and I am strong!

Ko au te maunga.

I am my mountain.

Ko te moana.

I am my sea.

Ko au te waka.

I am my waka.

Ko au te whānau mā.

I am my family.

Te wā heke mai.

I am the future.

Wā o mua.

I am the past.

Ka kuhu atu ki tāku nei
e hiahia ai.

I am whoever and whatever
I want to be.

He Māori ahau.

Because I'm Māori.

Ko au ahau.

Because I'm me.

He mōhio nei
Because I'm smart
me te kaha!
and I am strong!

He Māori ahau.

Ko au.

I am Māori.

I am me.

He Māori ahau

Nicolla Morehouse
(Miss Nicky Says)

37
Ko au te mau - nga Ko te mo - a - na Ko au te wa-ka Ko au te whā-nau mā
44
Te wā he - ke mai Wā o mu - a Ka ku-hu a - tu ki tā-ku nei, e
52
hia hia ai. He Māo-ri a - hau. Ko au a - hau. He mō - hio nei, me te ka-
59
- ha. me wai-a-ta! Tē-na! He Māo-ri a - hau. Ko au a - hau. He mō - hio
66
nei, me te ka - ha. Ae! He Māo-ri a - hau. He Māo-ri a - hau. He Māo-ri
74
a - hau. He Māo - ri a - hau. He Māo-ri a - hau. He Māo-ri a - hau.
81
He Māo - ri a - hau. Ko au a - hau!

Because I'm Māori

Nicolla Morehouse
(Miss Nicky Says)

35
F C/E B♭ F C/E B♭ F C/E B♭ F C/E B♭
strong. I am my moun-tain. I am my sea. I am my wa-ka. I am my
43
F C/E B♭ F C/E B♭ F C/E B♭ F C/E
fa-mi-ly. I am the fu - ture. I am the past. I am who-
50
B♭ F C/E B♭ F C/E B♭ F C/E B♭
e–ver and what - e–ver I want to be Be-cause I'm Māo–ri. be-cause I'm me.
57
F C/E B♭ F C/E B♭ F C/E
Be-cause I'm smart be-cause I'm strong. Now sing your song! Come on! Be-cause I'm
62
B♭ F C/E B♭ F C/E B♭ F C/E B♭
Mā–ori. be-cause I'm me. be-cause I'm smart be-cause I'm strong. yeah!
69
F C/E B♭ F C/E B♭ F C/E B♭ F C/E
Be-cause I'm Mā–ori! Be-cause I'm Mā–ori! Be-cause I'm Mā–ori Be-cause I'm
76
B♭ F C/E B♭ F C/E B♭ F C/E B♭
Mā–ori! Be-cause I'm Mā–ori! Be-cause I'm Mā–ori! Be-cause I'm Mā–ori!
83
F C/E B♭ F
Be - cause I'm me!

He Māori Ahau

Verse 1:

Oho ki te ao
he mene ki
te kanohi.
Mōhio ana au ka pai te rā.
Mōhio ana!

Hīkoi haere
me te mea e
hīteki ai.
Tē ware ai
nō hea ahau,
nō hea ahau . . .

Chorus:

He Māori ahau.
Ko au ahau.
He mōhio nei,
me te kaha.
Me waiata!
Tēnā!

He Māori ahau.
Ko au ahau.
He mōhio nei,
me te kaha.

Verse 2:

Ko au te maunga.
Ko te moana.
Ko au te waka.
Ko au te whānau mā.

Te wā heke mai
Wā o mua
Ka kuhu atu
ki tāku nei
e hiahia ai.

Chorus:

He Māori ahau.
Ko au ahau.
He mōhio nei,
me te kaha.
Me waiata!
Tēnā!

He Māori ahau.
Ko au ahau.
He mōhio nei,
me te kaha.

Āe!

He Māori ahau.
He Māori ahau.
He Māori ahau.
He Māori ahau.

He Māori ahau.
He Māori ahau.
He Māori ahau.
Ko au ahau!

Because I'm Māori

Verse 1:

Woke up this morning
with a little
smile on my face.
I know it's going to be a good day.
I just know it!

I walk around
with a little
kick in my step.
I can't forget
where I am from,
where I belong . . .

Chorus:

Because I'm Māori.
Because I'm me.
Because I'm smart
Because I'm strong.
Now sing your song!
Come on!

Because I'm Māori
Because I'm me.
Because I'm smart
Because I'm strong.

Verse 2:

I am my mountain.
I am my sea.
I am my waka.
I am my family.

I am the future.
I am the past.
I am whoever
and whatever
I want to be.

Chorus:

Because I'm Māori.
Because I'm me.
Because I'm smart
Because I'm strong.
Now sing your song!
Come on!

Because I'm Māori.
Because I'm me.
Because I'm smart
Because I'm strong.

Yeah!

Because I'm Māori.
Because I'm Māori.
Because I'm Māori.
Because I'm Māori.

Because I'm Māori.
Because I'm Māori.
Because I'm Māori.
Because I'm me.

Check out the *Because I'm Māori* lyric videos here!

English version

Māori version

Published in 2024 by David Bateman Ltd,
Unit 2/5 Workspace Drive, Hobsonville,
Auckland 0618, New Zealand
www.batemanbooks.co.nz

ISBN: 978-1-77689-108-5

A catalogue record for this book is available from the National Library of New Zealand.

Book design: Rosa Flood
Translation into te reo Māori by Justin Kereama
Printed in China by Toppan Leefung Printing Ltd